Bernd Flessner

Peter Schilling

Stefan Lohr

Der kleine Major Tom

Abenteuer im brennenden Eis

Band 1: Völlig losgelöst

Band 2: Rückkehr zur Erde

Band 3: Die Mondmission

Band 4: Kometengefahr

Band 5: Gefährliche Reise zum Mars

Band 6: Abenteuer auf dem Mars

Band 7: Außer Kontrolle!

Band 8: Verloren im Regenwald

Band 9: Im Bann des Jupiters

Band 10: Im Sog des Schwarzen Lochs

Band 11: Wer rettet Ming und Hu?

Band 12: Plutinchen in Gefahr

Band 13: Die Wüste lebt

Band 14: Abenteuer im brennenden Eis

Band 15: SOS im Venusnebel

Weitere Abenteuer sind in Vorbereitung!

Bernd Flessner

Peter Schilling

Stefan Lohr

Abenteuer im brennenden Eis

In Zusammenarbeit mit

DLR Deutsches Zentrum für Luft- und Raumfahrt

Ein besonderer Dank geht an
Herrn Dr. Volker Kratzenberg-Annies
für die fachliche Beratung seitens des DLR

TESSLOFF

FSC
www.fsc.org
MIX
Papier aus verantwortungsvollen Quellen
FSC® C002795

2. Auflage 2022

Burgschmietstraße 2-4, 90419 Nürnberg

Text: Bernd Flessner
Cover- und Innenillustrationen: Stefan Lohr
Idee/Mitwirkung: Peter Schilling
Lizenz: MajorTon Entertainment KG
Major Tom und *Völlig losgelöst* sind Marken
der MajorTon Entertainment KG
Grafisches Konzept: Barbara Heinlein, Gestaltung: Uwe Herrlen
Lektorat: Anja Kunze

www.tessloff.com

ISBN: 978-3-7886-4014-9

Dieses Buch entstand in Zusammenarbeit mit dem
Deutschen Zentrum für Luft- und Raumfahrt (DLR),
das den Text auf fachliche Richtigkeit geprüft hat.

DLR Deutsches Zentrum für Luft- und Raumfahrt

Inhalt

Wie alles begann

Der kleine Major Tom lebt zusammen mit seinem Vater, dem großen Major Tom, auf der Raumstation Space Camp 1. Seine Mutter arbeitet auch für die Weltraumagentur, ist aber nicht mit auf der Raumstation.

Stella ist seine beste Freundin und ebenfalls an Bord. Ihre Eltern sind bei der Bodenkontrolle beschäftigt. Plutinchen ist eine Roboterkatze und die treue Gefährtin von Tom und Stella. Gemeinsam erforschen sie das Weltall, beobachten die Erde und züchten Pflanzen an Bord der Raumstation. Eines Tages muss der große Major Tom unerwartet zum Mars fliegen und dort mithelfen, die Marsstation weiter aufzubauen.

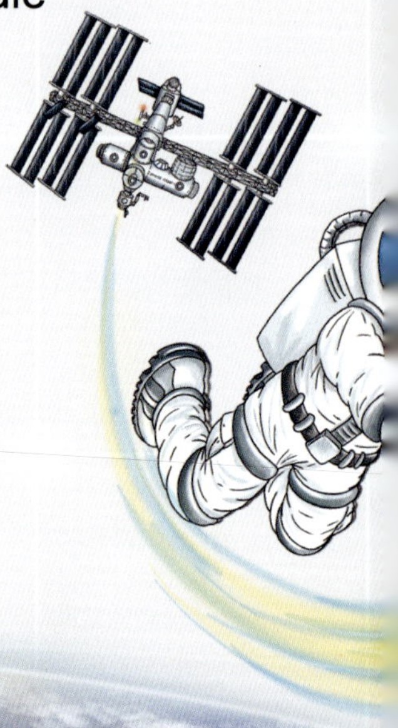

Tom, Stella und Plutinchen bleiben in der Raumstation zurück und sind nun ganz auf sich alleine gestellt.
Doch auch ohne ihre Eltern sind sie erfolgreiche und begeisterte Forscher. Gemeinsam meistern sie den Alltag auf der Raumstation, lösen Probleme und genießen zwischendurch den Ausblick auf ihren Heimatplaneten Erde. Auf den verschiedenen Missionen erleben sie ein Abenteuer nach dem anderen und lernen immer wieder Erstaunliches und Interessantes über die Erde und das Weltall. Dabei helfen sie sich gegenseitig und geben auch in brenzligen Situationen niemals auf.

Wer bricht aus?

„Bodenstation an Major Tom! Major Tom, bitte kommen!", tönte es aus dem Lautsprecher.
Langsam öffnete Tom die Augen und sah auf sein Astrofon.
„Fünf Uhr. Mitten in der Nacht", maulte er und kratzte sich am Kopf.
„Major Tom, bitte kommen! Es ist dringend!", mahnte die Bodenstation.
„Ich komm' ja schon!", schimpfte Tom und kroch müde und träge aus der kleinen Koje des Luftschiffs. Statt mit dem Space Racer waren sie diesmal mit einem neuen Luftschiff in der Wüste gewesen. Jetzt befanden sie sich auf dem gemächlichen Rückflug zur Bodenstation.
Hinter ihm krabbelte Stella aus ihrer Koje und rieb sich die Augen.
„Was ist denn jetzt schon wieder los?", fragte sie gähnend.

„Da bin ich auch gespannt“, antwortete Tom, setzte sich lustlos ins Cockpit vom Airship Solar 1 und schaltete das Mikrofon ein: „Major Tom an Bodenstation! Bitte kommen!“

„Na endlich!“, meldete sich eine ungehaltene Stimme, die sie nicht kannten.

„Wieso endlich?“, entgegnete Tom. „Es ist mitten in der Nacht.“

„Das spielt keine Rolle“, widersprach die Stimme.

„Wir können nicht schneller fliegen“, sagte Tom. „In der Nacht laufen die Elektromotoren langsamer und auch nur, damit wir den Kurs halten können. Erst wenn die Sonne die Akkus wiederauflädt, können wir beschleunigen.“

„Das weiß ich doch!“, tönte es aus dem Lautsprecher. „Darum geht es auch gar nicht.“

„Worum geht es denn dann?“, schaltete sich Stella ein. „Wir wollen nämlich wieder zurück in unsere Kojen. Wir sind müde.“

„Wir befürchten einen Ausbruch“, antwortete die Stimme.

„Ein Ausbruch? Was haben wir damit zu tun?“,

wunderte sich Tom. „Und wie heißt der Übeltäter?"
„Bárðarbunga", lautete die Antwort.
„Borda ... was?", fragte Stella.
„Bárðarbunga, gesprochen Bordabunga", antwortete Plutinchen ganz langsam und deutlich.
„Den Namen habe ich schon mal gehört", sagte Stella. „Ich glaube, dieser Bunga ist ein sehr gefährlicher Gangster. Stand über den nicht neulich etwas im Internet?"
„Na also", gähnte Tom. „Das ist Aufgabe der Polizei und hat mit uns nichts zu tun. Gute Nacht!"
„Von wegen!", krächzte es unfreundlich aus dem Lautsprecher. „Außerdem ist Bárðarbunga kein Gangster, sondern ein Vulkan!"
„Verstehe", nickte Tom schmunzelnd. „Aber auch in diesem Fall können wir einen Ausbruch nicht verhindern. Das kann nicht einmal die Polizei. Nicht einmal die Feuerwehr von New York schafft das."
„Das sollt ihr auch gar nicht", entgegnete die Stimme.
„Na, dann ist ja alles in Ordnung", meinte Stella.

„Gehen wir wieder schlafen."
„Geht ihr nicht!", protestierte die Stimme von der Bodenstation. „Natürlich kann niemand den Ausbruch verhindern. Ihr sollt den Vulkan lediglich aus sicherer Entfernung beobachten. Bestimmt könnt ihr von eurem Luftschiff aus bessere Aufnahmen machen als unsere Satelliten."
„Ach so", sagte Tom. „Jetzt ist mir alles klar. Wir sollen den Kurs ändern und zu diesem Vulkan fliegen."
„So sieht unser Plan aus", bekräftigte die Stimme. „Sofern ihr noch genügend Vorräte an Bord habt. Da euer Luftschiff mit Sonnenenergie angetrieben wird, braucht ihr ja keinen Treibstoff."
„Unsere Vorräte reichen noch für mindestens zehn Tage", antwortete Stella. „Aber der Wassertank ist ziemlich leer. Die Suche in der Wüste hat durstig gemacht. Und waschen müssen wir uns ja auch."
„Und aufs Klo", ergänzte Tom.
„Das macht nichts. Der Vulkan befindet sich

nämlich auf Island", erklärte die Stimme. „Er ist der größte Vulkan der Insel. Außerdem liegt er unter einem Gletscher. Aus dem Eis könnt ihr mühelos Trinkwasser gewinnen. Filter zur Aufbereitung von Trinkwasser habt ihr ja an Bord."

„Island?", wiederholte Tom und war plötzlich hellwach. „Da waren wir noch nie!"

„Island?", strahlte Stella und wollte plötzlich nicht mehr zurück in ihre Koje. „Das liegt doch fast auf unserem Kurs."

„Stimmt", freute sich der unbekannte Mann von der Bodenstation. „Das ist ein weiterer Grund, euch zu fragen. Es liegt nördlich von euch. Ich gebe euch die Daten für den neuen Kurs durch."

„Ein neuer Kurs?", fragte Plutinchen, die erst jetzt im Cockpit erschien und vorher nur über Funk mit den anderen gesprochen hatte.

„Ja, wir fliegen nach Island", antwortete Stella.

„Nanu? Wo kommst du denn her?", wunderte sich Tom.

„Von draußen. Ich habe die Motoren und die Hülle kontrolliert", erklärte Plutinchen.

„Was denkst du wohl, warum ihr so sorglos schlafen könnt? Und ihr schlaft wirklich tief und fest. So, jetzt gebe ich den neuen Kurs ein. Die Bodenstation hat ihn gerade übermittelt."
„Sorry, das hatte ich ganz vergessen", sagte Tom leise.
„Denkt bitte daran, immer in sicherer Entfernung zu bleiben", ermahnte sie die Stimme. „Plutinchen wird euch dabei helfen. Sie bekommt von uns regelmäßig die aktuellen Daten unserer Satelliten."
„Machen wir", stimmte Tom zu. „Dass man Vulkanen nicht zu nahe kommen soll, wissen wir."
„Kameras und Messgeräte habt ihr ja an Bord", sagte der Mann. „Ihr kennt euch ja aus. Dann wünsche ich euch viel Glück. Bodenstation Ende."
„Danke", freute sich Tom und schaltete ab.
„Island!", lachte Tom. „Da wollte ich schon immer mal hin!"
„Und ich erst!", freute sich Stella und setzte sich auf den Pilotensitz. „Sobald die Sonne hoch genug am Himmel steht, können wir beschleunigen. Sollen wir uns noch mal hinlegen?"
„Also, ich bin wach", antwortete Tom. „Weißt du, auf

Island wird es im Sommer nachts ja sowieso nicht richtig dunkel. Im Juni geht die Sonne gar nicht unter. Sie steht nachts allerdings knapp über dem Horizont. Taghell ist es also nicht. Sollen wir nicht lieber gleich frühstücken?"

„Eine gute Idee", stimmte Stella zu.

„Gut, dann decke ich schon mal den Tisch", sagte Tom.

„Und ich sehe mir die Akkus und die Heliumflaschen an", schnurrte Plutinchen. „Guten Appetit!"

„Was würden wir nur ohne sie machen", meinte Stella.

„Sehr wenig", antwortete Tom und ging zum Vorratsschrank.

Als es heller wurde, war noch kein Land in Sicht. Sie flogen über dem Atlantik und sahen von oben auf die Wellen. Der Wind wehte schwach aus östlicher Richtung, die Wetteraussichten waren gut. Die Elektromotoren liefen nun schneller. Stella saß am Joystick und sah aus dem Cockpitfenster von Airship Solar 1, dem modernsten Luftschiff der Bodenstation. Immer wieder suchte sie mit ihren Augen den

Horizont ab, der auf dem Meer Kimm oder Kimmlinie genannt wurde. Aber Island war noch nicht in Sicht.
„Nur Geduld“, schnurrte die Roboterkatze.
„Die habe ich“, lächelte Stella und sah weiter aus dem Fenster. Doch es dauerte noch zwei Stunden, bis sich am Horizont eine Silhouette abzeichnete.
„Da!“, rief Stella. „Island!“
Tom kam ins Cockpit gestürmt, kniff die Augen zusammen und starrte auf die Kimmlinie.
„Ja, das muss Island sein“, nickte er. „Wir sind da.“
Langsam wuchs die Insel am Horizont. Bald konnten sie Berge, Fjorde und Gletscher erkennen. Über den

Gipfeln hingen ein paar Wolken. Sonst hatten sie freie Sicht. Je näher sie der Insel kamen, umso mehr Details konnten sie erkennen.

„Ein fantastischer Anblick“, meinte Stella. „Seht euch das an!“

„Orbital!“, staunte Tom.

„Da schwimmt eine Gruppe von Walen!“, rief Stella. „Ich glaube, es sind Buckelwale. Sie sind auf der Jagd nach Krill, diesen winzigen Krebsen.“

„Und was sind das für Vögel, die vor uns fliegen?“, fragte Tom. „Bestimmt Papageientaucher. Ich erkenne sie an den bunten Schnäbeln.“

Plutinchen schwieg, denn sie erhielt gerade neue Informationen von einem Satelliten.

„Es tut sich etwas“, sagte sie nach ein paar Minuten.

„Und ob!“, lächelte Stella. „Wir sind da!“

In diesem Augenblick hörten sie ein tiefes, merkwürdiges, lang anhaltendes Donnern.

„Der Bunga bricht aus!“, erschrak Stella.

„Der Gangster?“, fragte Tom schmunzelnd.

„Nein, der Vulkan!“, entgegnete Stella ernst. „Der Bárðarbunga.“

„Die Bárðarbunga“, fügte Plutinchen hinzu. „Vulkane sind auf Island weiblich.“
„Schau mal dort“, erschrak jetzt auch Tom und deutete mit dem Finger auf die Insel, über der eine riesige Rauchwolke aufstieg. Das Donnern und Grollen wurde lauter.
„Oh nein, wir kommen zu spät“, ärgerte sich Tom und betrachtete die Rauchwolke, die immer größer wurde.

Im Ascheregen

Kaum hatte Tom den Satz beendet, erreichte sie ein Funkspruch.
„Bodenstation an Major Tom", meldete sich diesmal eine Frau. „Major Tom, bitte kommen."
„Sie wissen es bereits", vermutete Stella. „Und jetzt sollen wir umkehren. Sehr schade."
„Hier ist Major Tom", antwortete Tom. „Was gibt es?"
„Na, das dürftet ihr besser sehen als wir", meinte die Frau. „Wir haben ja bislang nur ein paar Satellitenfotos vorliegen. Wie ist die Lage?"
„Wir konnten den Ausbruch leider nicht filmen", sagte Tom mit spürbarer Enttäuschung. „Ein Luftschiff ist eben nicht so schnell wie ein Raumschiff."
„Aber das macht doch gar nichts", beruhigte sie die Frau. „Genauso gut hättet ihr wochenlang auf der Lauer liegen können, ohne dass sich der Vulkan gerührt hätte. Wann genau ein Vulkan ausbricht, ist nun einmal sehr schwer vorherzusagen.

Es war von unseren Forschern auch nur eine Vermutung, die sich allerdings als richtig erwiesen hat."

„Müssen wir jetzt zurück zur Bodenstation?", fragte Tom unsicher.

„Natürlich nicht", entgegnete die Frau. „Im Gegenteil. Wir würden uns freuen, wenn ihr ein paar gute Aufnahmen von dem Vulkan machen könntet. Eine Messung der Staubpartikel in der Luft wäre auch nicht schlecht. Am besten in verschiedenen Höhen. Das geht nämlich nicht mit unseren Satelliten. Aber denkt an den Abstand zum Vulkan!"

„Ja!", rief Stella kurz aus.

„Das machen wir gerne!", antwortete Tom. „Wir sind schon unterwegs."

„Wunderbar!", verabschiedete sich die Stimme. „Das wird unsere Forscher freuen. Viel Glück!"

„Danke!", sagte Stella und sah aus dem Cockpitfenster. „Die Windrichtung ist günstig. Wir können von Osten anfliegen, sodass uns die Wolke nicht die Sicht versperrt."

„Ich überprüfe unsere Kameras“, freute sich Tom. „Das werden bestimmt fantastische Aufnahmen.“

Stella, die Pilotin, griff zum Joystick und lenkte das Luftschiff in einem großen Bogen um den Vulkan und die Rauchwolke herum. Erst dann hielt sie langsam auf ihn zu. Die Bárðarbunga ist kein hoch aufragender und weithin sichtbarer Vulkan wie der Vesuv, sondern liegt die meiste Zeit verborgen unter einem riesigen Gletscher, dem Vatnajökull. Dieser ist an einigen Stellen über 800 Meter dick. Wenn die Bárðarbunga ausbricht, sieht es so aus, als würde das Eis brennen. So war es auch bei diesem Ausbruch. Noch waren sie viele Kilometer von dem Vulkan entfernt, aber dennoch konnten sie sehen, wie rot glühende Lava in die Höhe schoss und weißgrauer Rauch aufstieg.

Tom und Stella verfolgten das Naturschauspiel mit offenen Mündern.
„Denkt ihr an die Aufnahmen und die Messung der Staubpartikel?“, meldete sich nach ein paar Minuten Plutinchen zu Wort.
„Natürlich“, antwortete Tom und wischte mit dem Finger über verschiedene Symbole auf dem Display. „Es ist alles vorbereitet. Sämtliche Außenbordkameras und Sensoren zur Messung der Staubpartikel sind einsatzbereit. Ich starte jetzt die Aufzeichnung.“
„Das werden bestimmt tolle Bilder“, strahlte Stella und flog noch näher an den Vulkan heran. „Reicht der Abstand?“
„Der reicht bequem. Wir sind noch lange nicht in der Gefahrenzone“, antwortete Plutinchen.
Um eine gute Position zu erreichen, mussten sie den Vatnajökull überfliegen, den größten Gletscher Europas. Er war mal viel größer und ist durch den Klimawandel geschrumpft. Dennoch ist er noch immer riesig. Er ist an einigen Stellen glatt und eben, an anderen von tiefen Gletscherspalten durchzogen.
„Unter dem Eis befindet sich eine große Caldera“,

erklärte Plutinchen. „Sie hat einen Durchmesser von rund zehn Kilometern."

„Caldera? Das hört sich kalt an", meinte Stella.

„Das Wort hat aber nichts mit Kälte zu tun. Eine Caldera ist ein Vulkankessel", erklärte die Roboterkatze. „Caldera ist Spanisch und bedeutet Kessel."

„Also ein Vulkankrater", folgerte Tom.

„Nein, ein Vulkankrater ist die Öffnung, aus der die Lava austritt", wusste Plutinchen. „Eine Caldera entsteht, wenn die mit Magma gefüllte Kammer unter einem Vulkan irgendwann geleert ist und die Kammer einstürzt. Dann bildet sich an der Erdoberfläche ein großer Kessel aus Felsen und Gestein. Der sieht zwar kraterförmig aus, ist aber keiner. In einer Caldera können sich übrigens wieder neue Vulkankrater bilden. So ist es auch in diesem Fall."

„Sehen können wir diese Caldera also nicht?", fragte Stella.

„Nein, denn sie ist unter dem Eis verborgen", erklärte Plutinchen. „Sie wurde mithilfe von Satelliten entdeckt."

„Schade“, meinte Tom. „So eine Caldera hätte ich gerne mal gesehen.“
Plötzlich vernahmen sie merkwürdige Geräusche, ein ungewöhnliches Knistern, als würde jemand eine Plastikfolie zerknüllen.
„Regnet es?“, fragte Stella, konnte aber keine Tropfen auf der Scheibe erkennen.
„Es zieht zu“, stellte Tom fest. „Der blaue Himmel ist verschwunden. Sind das etwa Wolken? Vielleicht fängt es doch an zu regnen? Nein, eher fängt es an zu schneien.“
„Nein, das ist etwas anderes“, vermutete Stella. „Ich glaube, der Wind hat sich gedreht. Das sind keine Wolken. Wir fliegen jetzt direkt in die Rauchfahne des Vulkans hinein.“

„Ich fürchte, du hast recht“, nickte Tom und spitzte seine Ohren: „Hört ihr das? Die Propeller klingen ganz anders und werden lauter.“
„Das muss Vulkanasche sein“, sagte Stella. „Was meinst du, Plutinchen?“
„Es kommt eigentlich nichts anderes in Frage“, antwortete die Roboterkatze. „Vulkanasche sind winzige Steinchen oder Glasstückchen, die bei einem Vulkanausbruch in die Luft geschleudert werden. Sie sind leicht genug, um sich für längere Zeit in der Atmosphäre zu halten. Oft sind sie scharfkantig und hart und können daher Flugzeugen und auch Luftschiffen schaden. Sie wirken wie Schmirgelpapier und können in Elektromotoren eindringen. Ich fürchte sogar, sie könnten die Motoren

zerstören. Wir sollten sofort landen, bevor sich die Leistung weiter verringert. Wir können ja nur mithilfe der Motoren manövrieren. Und die Hülle könnte die Asche auch beschädigen."

„Der Ascheregen wird heftiger", stellte Stella fest.

„Dort drüben sieht es gut aus. Eine ebene Fläche, auf der wir landen könnten. Macht euch bereit und schnallt euch an."

Das Luftschiff verlor schnell an Höhe und schwebte bald nur noch ein paar Meter über dem Eis.

„Die Motoren klingen furchtbar", meinte Tom.

„Wir sind gleich da", sagte Stella

Langsam glitt das Airship Solar 1 auf die ebene Eisfläche zu. Stella berührte kurz das Display und das Ankertau fiel zu Boden.

„Wir finden bestimmt einen passenden Eisblock zum Vertäuen", meinte Stella und setzte auf.

„Wartet bitte mit dem Aussteigen", warnte Plutinchen.

„Warum? Wir müssen das Luftschiff verankern", erwiderte Tom.

„Vulkanasche kann auch für Menschen gefährlich werden", erklärte Plutinchen. „Sie enthält verschiedene Gifte und kann in die Lunge eindringen. Also zieht eure Schutzanzüge an und setzt eure Schutzhelme auf.“

„Auch das noch“, stöhnte Tom und öffnete eine Schranktür, hinter der sich ihre Schutzanzüge und Schutzhelme befanden. „Am besten steigen wir schnell aus, damit nicht so viel Asche in die Gondel gelangt.“

„Ich erhöhe den Kabinendruck“, sagte Plutinchen. „Wenn ihr aussteigt, strömt etwas Luft nach draußen und bläst die Asche weg.“

„Wir sind bereit“, sagte Stella nach ein paar Minuten.

„Dann öffne ich die Tür“, schnurrte Plutinchen.

Mit einem leisen Surren öffnete sich die Tür. Tom, Stella und Plutinchen sprangen auf das Eis, während sich die Tür hinter ihnen gleich wieder schloss.

„Es ist kalt“, stellte Stella fest. „Zum Glück haben wir die warmen Schutzanzüge. Dabei sind wir hier, um einen Vulkan zu beobachten.“

„Aber der ist doch noch viele Kilometer entfernt“, warf Tom ein. „Oder täusche ich mich da? Dort hinten glüht doch etwas im Eis?“

„Das ist gut möglich“, erklärte Plutinchen. „Denn die Bárðarbunga hat nicht nur einen Krater, sondern bildet ein ganzes System aus großen und kleinen Kratern. Außerdem können auch immer wieder neue Krater entstehen.“

„Moment mal“, sagte Stella. „Es kann also sein, dass sich ganz in unserer Nähe so ein kleiner Krater befindet.“

„Ja“, antwortete Plutinchen kurz und bündig.

„Na, darauf kann ich verzichten“, entgegnete Stella.

Lavabomben im Anflug

„Lasst uns das Luftschiff verankern, bevor es von einer Bö erfasst wird“, schlug Stella vor.
Tom und Stella fanden schnell einen geeigneten Eisblock, an dem sie das Airship Solar 1 vertäuen konnten. Um ganz sicherzugehen, nutzten sie ein zweites Tau, mit dem sie auch das Heck sicherten. Während sie arbeiteten, ließ der Ascheregen allmählich nach und hörte schließlich ganz auf. Auch das Donnern wurde etwas leiser. Dafür wurden sie nun auf andere Geräusche aufmerksam, die sie noch nie zuvor gehört hatten.
„Was ist denn das?“, fragte Stella. „Es ist kein Klirren, es ist kein Knacken. Kommt das etwa aus dem Gletscher?“
Tom lauschte angestrengt und meinte dann: „Ich glaube schon. So ein Gletscher ist ja kein stabiler Eispanzer, sondern immer in Bewegung. Es ist eigentlich ein Fluss aus Eis. Manche Gletscher fließen

sogar 100 Meter am Tag. Und dann ist da ja auch noch der Vulkan."
„Dann sollten wir uns beeilen", sagte Stella. „Sehen wir uns die Motoren an, damit wir so schnell wie möglich wieder starten können."
„Ich hole das Werkzeug", stimmte Tom zu und stapfte auf die Gondel zu. Doch dann blieb er plötzlich stehen, denn er hörte ein weiteres Geräusch. Diesmal kam es nicht von unten, sondern aus der Luft.
„In Deckung!", rief Plutinchen.
Doch wohin in Deckung? Stella und Tom sahen sich hilflos um. In diesem Augenblick sahen und hörten sie den Einschlag. Etwa hundert Meter von ihnen entfernt schoss zerbröseltes Eis in die Höhe.
„Was war das denn?", rief Stella ängstlich.

„Das war eine Bombe", erklärte Plutinchen.
„Eine Bombe?", wiederholte Tom. „Werden wir etwa angegriffen?"
„Wer sollte uns denn bombardieren? Die Isländer? Oder Aliens?", fragte Stella und sah zum Himmel, an dem sich jetzt sogar ein wenig die Sonne zeigte.
„Der Vulkan", antwortete Plutinchen.
„Ein Vulkan hat doch keine Bomben und schon gar keine Bombenflugzeuge", entgegnete Tom.
„Ein großer Pyroklast wird Bombe genannt", schnurrte Plutinchen.
„Ein Pyroklast?", wiederholte Stella.
„Ein Pyroklast ist ein Stein, den ein Vulkan aus seinem Krater in die Luft schießt", erklärte Plutinchen. „Auch die Vulkanasche besteht aus Pyroklasten, allerdings sehr, sehr kleinen. Aber es gibt auch sehr große und die werden dann Bomben genannt."
„Ein passender Name", sagte Tom und sah ebenfalls zum Himmel. „Wie oft spuckt denn ein Vulkan diese Bomben aus?"
„Das ist sehr unterschiedlich", antwortete Plutinchen. „Jeder Vulkan ist anders."

„Sehr beruhigend", meinte Stella. „Wenn so eine Bombe unser Luftschiff trifft, dann können wir uns zu Fuß auf den Rückweg machen. Beeilen wir uns!"
Tom holte das Werkzeug und half Stella, die Abdeckung des ersten der beiden Antriebsmotoren abzunehmen.
„Ach, du dickes Mondkalb", entfuhr es Stella, als sie sah, wie viel Asche sich in den Motoren angesammelt hatte. „Die muss ich ganz vorsichtig entfernen. Am besten mit einem großen Pinsel oder einer Bürste."
„Hier", sagte Tom und zog einen Pinsel aus der kleinen Werkzeugkiste. „Und was soll ich machen? Wir haben nur einen Pinsel. Und du bist viel geschickter als ich."
„Du könntest versuchen, von einem der großen Eisblöcke aus ein paar Aufnahmen von dem Vulkan zu machen", schlug Stella vor. „Damit wir nicht mit leeren Händen zurückkommen."
„Ein guter Vorschlag", freute sich Tom und zog eine kleine, handliche Kamera aus seiner Gürteltasche. Während Stella mit dem Pinsel den Elektromotor reinigte, machte sich Tom auf die Suche nach einem

geeigneten Eisblock. Ab und zu schaute er nach oben und spitzte die Ohren, doch es blieb ruhig. Zunächst stieg er auf einen kleinen Schneehügel. Von dort aus hatte er eine gute Sicht auf die unmittelbare Umgebung. Während das Airship Solar I auf einem halbwegs ebenen Bereich lag, wurde der Gletscher weiter nördlich von kleinen und großen Spalten zerfurcht. Zwischen den Furchen türmten sich hier und da hohe Eisblöcke auf. Im Hintergrund ragten Berge in den Himmel, der von glühender Lava rötlich beleuchtet war. Tom suchte sich einen Eisblock aus, der leicht zu besteigen war, und marschierte los.

Ein paar Minuten später stand er schon auf der Spitze des Eisblocks und hatte eine noch bessere Sicht. Jetzt konnte er auch einen kleinen Krater ausmachen, der gar nicht so weit entfernt war und unentwegt Lava in die Luft spuckte.

„Das gibt tolle Bilder“, freute er sich und hielt die Kamera hoch.
Stella und Plutinchen hatten es in der Zwischenzeit geschafft, den ersten Motor zu reinigen. Plutinchen hatte dabei ihren Luftstrahl eingesetzt, den sie gezielt abgeben konnte.
„Fertig!“, freute sich Stella. „Dank deiner Puste ging es noch schneller. Jetzt auf die andere Seite!“
Sie umrundeten das Luftschiff und öffneten die Verkleidung des zweiten Motors.
„Der ist ja noch verdreckter“, stellte Stella fest. „Das kann dauern. Also los!“
„Vorsicht!“, warnte Plutinchen in diesem Augenblick.

„Ich höre ein Pfeifgeräusch. Eine weitere Bombe ist im Anflug."
Stella tippte sofort mit dem Finger auf ihr Astrofon und warnte Tom: „In Deckung! Der Vulkan bombardiert uns wieder!"
„Danke!", sagte Tom, steckte die Kamera weg und rutschte schnell den Eisblock hinunter. Kaum hatte er sich hinter ihm in Sicherheit gebracht, landete der Pyroklast krachend nicht weit von ihm entfernt im Eis. Kleine Eisstückchen und Schnee fielen auf ihn herab.
„Das war knapp", dachte er. „Die Einschläge kommen offenbar näher. Wir müssen hier verschwinden."
„Alles in Ordnung?", fragte Stella.
„Nichts passiert", bestätigte er. „Wie weit seid ihr?"
„Wir fangen jetzt mit dem zweiten Motor an", sagte sie. „Wie sieht es bei dir aus?"
„Bestens. Ich mache noch eine Panoramaaufnahme und dann komme ich zurück", erklärte er, stand wieder auf und kletterte auf den Eisblock. Er zog die Kamera aus der Tasche und begann einen Schwenk über den gesamten Gletscher.

Die Lava kommt

Im Eis unter ihm knackte es. Zunächst leise, dann immer lauter. Tom setzte die Kamera ab. Schon war es wieder still.

„Falscher Alarm", murmelte er, blickte nach Westen und begann den Schwenk ein zweites Mal. Als der Vulkan ins Visier kam, hielt er inne.

„Der ist ja viel heller geworden", sagte er leise zu sich. „Und was ist das? Ein Lavafluss?"

Plötzlich knackte und knisterte es wieder im Eis unter ihm. Der Eisblock, auf dem er stand, begann zu zittern. Tom sah auf das kleine Display der Kamera und setzte die Aufnahme fort, die er unbedingt vollenden wollte.

„Nur noch 45 Grad", flüsterte er und schwenkte langsam weiter nach Osten. Als er es endlich geschafft hatte, wurde das Zittern heftiger. Der Eisblock bewegte sich. Tom steckte die Kamera weg und rutschte nach unten.

Auch Stella und Plutinchen hatten das Knacken im Eis bemerkt und pusteten und pinselten noch schneller. Was sie noch nicht bemerkt hatten, war die dicke Wolke aus Wasserdampf, die sich von Norden her näherte. Auch Tom sah sie zunächst nicht, da ihm der Eisblock die Sicht versperrte. Erst als er sich wieder auf den Rückweg machen wollte, entdeckte er sie.
„Was ist denn das?“, fragte er sich und zog ein kleines Fernglas aus seiner Gürteltasche. Doch er hatte Mühe, das Bild zu erkennen, denn das Eis unter seinen Füßen begann zu beben. Dann aber sah er die Ursache.
„Lava!“, rief er. „Da nähert sich ein Lavastrom!“
Tom steckte das Fernglas zurück und rannte los. Doch das war gar nicht so einfach, denn das Eis bebte unter seinen Füßen. Immer wieder fiel er hin und musste aufstehen. Stella und Plutinchen arbeiteten an der anderen Seite des Luftschiffs und konnten nicht sehen, was passierte.
„Stella! Plutinchen!“, rief Tom in sein Astrofon. „Die Lava kommt! Von Norden nähert sich ein Lavastrom! Mit Volldampf!“

Stella hätte fast ihren Pinsel fallen lassen. Plutinchen ging die Puste aus. Gleich darauf schoss sie in die Höhe, während Stella das Luftschiff umrundete.
„Tatsächlich!“, rief sie. „Sie kommt wirklich mit Volldampf! Wie sieht es von oben aus, Plutinchen?“
„Es ist wirklich ein Lavastrom, wenn auch ein ganz kleiner“, meldete die Roboterkatze. „Ich kann aber nicht erkennen, wie es weiter unten im Eis aussieht.“
„Wo ist Tom?“, fragte Stella.
„Auf dem Weg zu uns“, sagte Plutinchen. „Er ist gleich da. Es sind nur noch ...“
Ein Donnerschlag unterbrach Plutinchen, ein Krachen und Bersten. Zwischen der ebenen Fläche, auf der das Luftschiff verankert war, und dem Eis, auf dem Tom lief, öffnete sich plötzlich eine Gletscherspalte. Tom konnte gerade noch stoppen und einen Sturz in den Abgrund verhindern.
„Das war knapp!“, sagte er laut und schaute nach unten in die Gletscherspalte.
Mit schnellen Schritten erreichte auch Stella die neue Gletscherspalte, die sie mit einer Wolke aus Wasserdampf empfing.

„Spring, Tom!
Schnell! Ehe
die Spalte noch
breiter wird!“, rief sie ihm zu.
„Spring, solange es noch geht!“
„Zu spät!“, widersprach er. „Die Spalte ist schon zu breit. Das schaffe ich nicht!“
„Versuche es weiter drüben!“, schlug sie vor. „Schnell!“
„Bin schon unterwegs“, rief Tom und sprintete los. Plutinchen machte sich gleich auf den Weg und flog an der Spalte entlang, die sich immer weiter in den Gletscher fraß.
„Das sieht schlecht aus“, funkte sie. „Sie wird immer länger und breiter. Daran ist die Lava schuld.“
„So ein Mist“, schimpfte Stella. „Das Luftschiff ist noch nicht wieder startklar. Damit wäre es kein Problem, dich abzuholen.“
„Wie lange wird es noch dauern?“, fragte Tom auf der anderen Seite der Gletscherspalte.
„Ich weiß es nicht genau. Vielleicht eine halbe Stunde“, antwortete Stella.

Wieder krachte und knackte es im Eis. Eine weitere Wolke aus Wasserdampf stieg auf.
„In Deckung!“, rief Plutinchen aus der Luft. „Lavabomben im Anflug!“
Tom und Stella gingen in die Knie und verkrochen sich hinter Eisblöcken. Gleich darauf schlugen die Pyroklasten ein. Nicht in unmittelbarer Nähe, aber deutlich näher als die ersten beiden.
„Die Bárðarbunga ist gefährlicher als dieser Bunga, dieser Gangster“, meinte Stella. „Ich glaube, der Vulkan mag uns nicht. Was machen wir jetzt?“
„Wir verschwinden von hier“, antwortete Tom. „Aber zuerst muss ich über die blöde Gletscherspalte kommen. Und das möglichst schnell, denn sie wird breiter.“
„Nicht nur das“, raunte Stella. „Die Lava ist auch auf dem Vormarsch.“
Tom und Stella blickten in Richtung Norden, wo irgendwo der Vulkan Bárðarbunga rumorte und in großen Fontänen Lava spuckte. Aus einem der

kleineren Nebenkrater hatte sich ein glühender Lavastrom auf den Weg zu ihnen gemacht und schmolz sich unaufhaltsam durch das Eis.

„Ich muss hier weg, und zwar schnell!“, rief Tom ängstlich.

„Fragt sich nur wie?“, gab Stella zu bedenken.

„Vielleicht kann mich Plutinchen über die Spalte tragen?“, schlug Tom vor.

„Das wird nicht gehen“, antwortete die Roboterkatze aus der Luft. „Dafür reichen meine Düsenpfoten nicht aus. Das weißt du doch.“

„Wir könnten es versuchen“, bat Tom eindringlich. „Ich kann mich ja an deinem Schwanz festhalten.“

Plutinchen flog zu Tom und schwebte in der Luft über seinem Kopf. Tom packte den Schwanz und Plutinchen ließ ihre Düsenpfoten Funken sprühen. Tom stand auf Zehenspitzen, hob aber nicht vom Boden ab. Enttäuscht ließ er wieder los.

„Wir brauchen schnell eine andere Idee“, sagte Stella. „Wie kommt man am schnellsten und besten über einen Abgrund?“
„Mit einer Brücke“, antwortete Tom. „Aber wir haben keine Brücke.“
„Doch, wir könnten eine bauen!“, strahlte plötzlich Stella.
„Und woraus? Wir haben doch kein Baumaterial“, wandte Tom ein.
„Wir haben jede Menge Baumaterial“, widersprach Stella. „Sieh dich nur mal um.“
„Eis!“, strahlte jetzt auch Tom. „Natürlich! Wir bauen eine Eisbrücke! Aber wie?“
„Wir schneiden auf jeder Seite einen langen Block aus dem Eis und schieben die Blöcke dann über die Gletscherspalte“, erläuterte Stella. „Wir müssen nur darauf achten, dass das Gewicht richtig verteilt ist und die Blöcke in der Mitte fest verbunden werden.“
„Klingt gut“, stimmte Tom zu. „Wir haben bloß keine Eissägen. Aber sonst ist die Idee wirklich gut.“
„Daran hatte ich gar nicht gedacht“, seufzte Stella.

Hält die Brücke?

„Wir brauchen gar keine Eissägen“, rief Plutinchen aus der Luft. „Wir haben etwas viel Besseres!“
„Was denn?“, fragte Tom verwundert.
„Mich!“, miaute Plutinchen.
„Dich?“, wiederholten Tom und Stella gleichzeitig.
„Natürlich“, schnurrte die Roboterkatze. „Denn ich habe einen eingebauten Laser. Schon vergessen?“
„Orbital!“, jubelte Tom. „Den hatte ich wirklich vergessen! Dann können wir ja gleich …“
„In Deckung!“, unterbrach ihn Plutinchen. „Lavabomben im Anflug!“
Wieder mussten sich Tom und Stella hinter Eisblöcken verkriechen. Wieder schlugen gleich zwei Pyroklasten in ihrer Nähe ein, gefolgt von einer dritten Bombe.
„Los jetzt!“, rief Stella, nachdem der Angriff vorüber war, und schritt einen großen Quader ab. „Reicht der aus?“

„Der reicht“, antwortete Plutinchen. „Wir müssen ihn ja auch noch über die Gletscherspalte schieben können.“

Die Roboterkatze schwebte über dem Gletscher und aktivierte ihren Laser. Ein dünner, greller Strahl schoss aus ihrer Stirn und fraß sich zischend ins Eis. Plutinchen brauchte nicht lange und schon war der erste Block fertig. Er war nicht besonders schön und auch nicht wirklich rechteckig. Stella holte eine kleine Axt, die zur Bordausrüstung gehörte, und stemmte den Block zusammen mit Plutinchen aus dem Eis. Auf Toms Seite wiederholte Plutinchen ihr Kunststück und schmolz auch dort einen passenden Block aus dem Eis.

„Unglaublich, was unser Plutinchen alles kann“, staunte Tom. „Ich bin immer wieder überrascht.“

„Und wie schieben wir jetzt die Blöcke über die Spalte?“, fragte Stella unsicher.

„Passt auf“, antwortete Plutinchen und flog vor das

Eis vor Toms Block. Mit ihrem Laser taute sie es ein wenig auf, bis sich ein dünner Wasserfilm bildete.
„Jetzt!“, rief die Roboterkatze. „Mach schnell!“
Tom bückte sich und schob den Block mühelos in Richtung Gletscherspalte. Als er weit genug über den Abgrund ragte, hörte Tom auf zu schieben.
„Der Block friert jetzt fest“, sagte Plutinchen und flog auf Stellas Seite, um auch dort etwas Eis zu schmelzen.
„Und jetzt du“, sagte Plutinchen, als sie fertig war. „Schnell!“
Stella war bereits in die Hocke gegangen und warf sich mit ihrer ganzen Kraft gegen den Block, der auch gleich nachgab und wie ein Schlittschuh über das nasse Eis sauste.
„Vorsicht!“, warnte Tom. „Die Blöcke stoßen sonst zusammen!“
Doch es war bereits zu spät. Stellas Block krachte splitternd gegen Toms Block. Eisstücke flogen durch die kalte Luft, ein mächtiger Riss wanderte mitten durch Stellas Block.
„Oh, nein!“, entfuhr es Stella.

Sofort flog Plutinchen zu dem Riss und aktivierte ihren Laser, um etwas Eis zu schmelzen und es dann wieder gefrieren zu lassen. Auf diese Weise stellte sie auch eine Verbindung zwischen den beiden Blöcken her. Als sie fertig war, sahen Stella und Tom auf eine schiefe und bereits reparierte Eisbrücke.

„Mach schnell!“, rief Stella. „Bevor sich der Gletscher wieder bewegt oder weitere Bomben einschlagen!“

„Hoffentlich hält die Brücke“, sagte Tom mit einem flauen Gefühl im Bauch, denn er war nicht ganz schwindelfrei. Er setzte den ersten Fuß auf das Eis, das glatt und rutschig war. Und das leise, aber hörbar knackte.

„Weiter!“, rief Stella.

Tom machte den ersten richtigen Schritt und stand jetzt auf der Eisbrücke.

„Nicht nach unten sehen!“, riet Stella, doch Tom hatte bereits seinen Blick gesenkt. Unter ihm klaffte ein bodenloser, eisiger Abgrund, der nur oben weiß leuchtete, dafür unten stockdunkel war.

„Jetzt komm schon!“, feuerte ihn Stella an.

Tom nickte und wagte den nächsten Schritt. Wieder knackte es im Eis. Er stand jetzt genau in der Mitte, also an der Stelle, an der die beiden Eisblöcke von Plutinchen verbunden worden waren. Als Tom nach unten sah, bemerkte er, wie sich ein weiterer Riss mit einem hohen Ton den Weg durch das Eis bahnte.

In diesem Augenblick richtete Plutinchen ihren Kopf nach oben, lauschte und rief: „Bombe im Anflug!“

Tom, der noch immer nach unten sah, bemerkte in diesem Augenblick etwas ganz anderes. Die Dunkelheit verschwand aus dem Abgrund. Das bodenlose Schwarz wich einem gelbroten Glühen.
„Auch das noch", murrte er und machte den nächsten Schritt, während Stella ängstlich nach oben schaute. Mit einem pfeifenden Geräusch schlug der Pyroklast keine zwanzig Meter vor dem Luftschiff ein.
„Die Lava kommt", sagte Tom, als habe er die Bombe gar nicht bemerkt.
„Jetzt aber schnell!", rief Stella. „Wir müssen schnellstens von hier verschwinden."
Als Tom zum letzten Schritt ansetzte, fuhr singend ein dritter Riss durch die Eisbrücke und sprengte sie in tausend Stücke.
„Tom!", schrie Stella und befürchtete das Schlimmste.
„Bin schon da!", rief Tom und stand unmittelbar vor ihr. Ein Sprung in letzter Sekunde hatte ihn gerettet.
„Du machst es wirklich spannend", meinte Stella erleichtert. „Jetzt aber schnell weg."
„Dann ab in die Gondel und Leinen los!", schnaufte Tom aufgeregt und rannte auf das Luftschiff zu.

Der Tanz auf dem Vulkan

„Stopp! Nicht so schnell! Wir müssen noch den zweiten Motor reinigen“, bremste Plutinchen die beiden Kinder.
„Ach, du dickes Mondkalb!“, schimpfte Stella. „Den hatte ich längst vergessen.“
Tom und Stella umrundeten das Luftschiff und fingen sofort an. Stella pinselte und Tom und Plutinchen pusteten um die Wette.
„Wie ist dieses Zeug da bloß hineingekommen?“, fragte Tom.
„Durch kleinste Ritzen und Spalten“, antwortete Plutinchen. „Ich vermute, sogar mir könnte die Vulkanasche gefährlich werden. Die Bomben sind es auf jeden Fall. Geht in Deckung!“
Tom und Stella blieb nichts anderes übrig, als sich ein paar Schritte vom Luftschiff zu entfernen und Schutz hinter einem kleineren Eisblock zu suchen. Diesmal schlugen die Pyroklasten nur wenige Meter vom

Airship Solar 1 entfernt ein. Es regnete Schnee und ein paar Eissplitter.
„Alles kommt näher", meinte Tom. „In der Gletscherspalte habe ich einen Lavafluss gesehen."
„Das ist einer dieser Nebenkrater", sagte Stella. „Von der Bárðarbunga sind wir ja viel zu weit entfernt."
Als sie zum Motor zurückkehrten, war Plutinchen bereits wieder bei der Arbeit.
„Wir sind gleich fertig", schnurrte sie. „Den Rest erledigt Stella. Tom und ich holen noch etwas Eis."
„Eis?", wiederholte Tom verwundert. „Gefrorenes Wasser? Vom Gletscher?"
„Für unsere Wasservorräte", rollte Stella mit den Augen und drehte ihren Pinsel. „Unter der Asche ist reinstes Eis."
„Na klar", nickte Tom. „Ich war mit meinen Gedanken noch bei der Gletscherspalte."
„Ich schieße mit dem Laser ein paar Brocken aus dem Gletscher, du bringst sie an Bord", sagte Plutinchen. „Am besten gibst du sie gleich in den Vorratstank. Ich öffne die Luke. Dort tauen sie dann langsam auf."

Während also Stella die letzten Ascheteilchen entfernte, schleppte Tom dicke Eisbrocken. Natürlich hatten sie nicht die Zeit, um den ganzen Tank zu füllen, aber ein paar Blöcke reichten ihnen für den Rückflug.

„Geschafft!“, rief Stella und verschloss die Abdeckhaube des Motors. „Wir können starten!“
„Fantastisch! Aber wir brauchen noch mehr Eis“, keuchte Tom, der einen großen Block in den Armen hielt. „Schnapp dir auch einen. Plutinchen hat genug aus dem Eis gesägt.“
„Mache ich“, bestätigte Stella, hob einen der dicken Brocken auf und schleppte ihn zum Luftschiff. Sie brauchte ihre ganze Kraft, um das Eis bis zur Luke heben zu können.
Auf dem Rückweg zu ihrem kleinen Eisbruch begann der Gletscher zu beben. Jedenfalls der Teil, auf dem

sie standen. Es klang, als würden Peitschen und Schüsse knallen. Gleichzeitig stieg immer mehr Dampf aus der Gletscherspalte auf, in die Tom vorher fast gefallen wäre. Irgendwo in der Ferne erhob sich ein Donnergrollen. Stella griff sich noch schnell einen der kleineren Eisbrocken und lief zurück zum Luftschiff.
„Es reicht, wir starten“, sagte sie.
„So schnell es geht“, pflichtete Tom ihr bei. „Hier gefällt es mir absolut nicht mehr. Es ist zu kalt und zu heiß.“
Auch Tom schleppte noch einen Eisblock zum Luftschiff. Dann verschlossen sie die Gondeltür, setzten ihre Schutzhelme ab und machten es sich im Cockpit bequem.
„Bomben im Anflug!“, warnte Plutinchen.
„Wir können nichts machen“, erwiderte Tom. „Wir können nur hoffen, dass sie uns nicht erwischen.“
„Da kommen sie“, rief Stella besorgt.
Die Pyroklasten zogen dünne, dunkle Rauchfahnen hinter sich her und schlugen krachend nacheinander in unmittelbarer Nähe des Luftschiffs in den Gletscher ein.

„Das war knapp“, atmete Tom erleichtert auf. „Starten wir endlich. Ich möchte nicht wissen, wo die nächsten von diesen Dingern einschlagen.“
Stella wischte mit dem Finger über das Display und startete die Motoren. Doch nichts geschah.
„Was ist?“, fragte Tom. „Warum heben wir nicht ab?“
„Wir haben die Ankertaue vergessen“, gestand sie ein. „Wir hängen fest.“
„Ich gehe“, sagte Tom und sprang auf, kam aber nicht weit, denn das Luftschiff bekam plötzlich Schlagseite und wurde durchgeschüttelt. Tom verlor das Gleichgewicht und fiel auf die Nase.
„Au!“, rief er, stand aber gleich wieder auf. Aus seiner Nase tropfte Blut. Die Hand, mit der er versucht hatte, den Sturz abzufangen, tat auch weh.
„Bomben im Anflug“, meldete Plutinchen.
„Oh nein“, jammerte Stella. „Bloß nicht noch mehr!“
„Aus dem Weg!“, miaute die Roboterkatze und flog mit ihren Düsenpfoten zu einem der Seitenfenster des Cockpits. „Schnell, öffne es!“
Stella stand auf und griff zum Sicherungsriegel. Sekunden später schoss Plutinchen einen

Laserstrahl ab, der das Ankertau am Bug kappte. „Zum Heck!“, miaute sie und düste nach hinten. Tom folgte ihr mit blutender Nase und öffnete eines der hinteren Fenster. Wieder schoss Plutinchen einen Laserstrahl ab und kappte auch das Tau am Heck. Es gab einen Ruck und das Airship Solar 1 war frei. Stella bewegte den Joystick und gab Gas. Das Luftschiff stieg in die Höhe und flog eine enge Kurve in östlicher Richtung.

„Endlich!“, freute sich Stella.

„Da!“, rief Tom, der noch immer an einem der Heckfenster stand. „Drei Lavabomben. Mitten auf unserem Landeplatz. Die hätten uns voll erwischt.“

„Aber wir hatten Glück und Plutinchen“, bemerkte Stella und holte tief Luft.

„Das war wirklich eine gute Idee!“, schloss sich Tom an.

„Es war die einzig mögliche Lösung“, schnurrte die Roboterkatze zufrieden. „Und ihr habt sofort reagiert.

Jetzt besorg dir erst einmal ein Taschentuch für deine Nase."
„Mache ich", bestätigte Tom. „Ist halb so wild."
Plutinchen schwebte in der Luft und lauschte.
„Was ist? Noch mehr Bomben?", fragte Tom.
„Mindestens fünf Stück", antwortete Plutinchen. „Wir müssen noch höher."
Stella sah auf den Radarschirm. „Ich hab' sie. Aber die erwischen uns nicht."
Sie lenkte das Luftschiff jetzt in die entgegengesetzte Richtung und wich den Bomben geschickt aus.
Mehr als eine ihrer Rauchfahnen bekam sie nicht zu Gesicht. Dann stieg sie weiter nach oben. Plötzlich verschwanden Rauch und Wasserdampf und die Sonne strahlte.
„Orbital!", näselte Tom mit einem Taschentuch im Gesicht.
„Schaut mal! Das muss die Bárðarbunga sein!", rief Stella aus dem Cockpit.
„Atemberaubend!", staunte Tom näselnd. „Aus sicherer Entfernung ist so ein Vulkan wunderschön. Nur in der Nähe sollte man sich nicht aufhalten."

Im Eis des Vatnajökull, des wie gesagt größten Gletschers Europas, kochte und dampfte es. Riesige Lavafontänen schossen an mehreren Stellen gleichzeitig in die Höhe. Eis und Lava bewegten sich nebeneinander, geschmolzenes Wasser floss über den Gletscher, Asche flog in die Luft.

„Der Wind ist günstig“, stellte Tom fest. „Er treibt die Aschewolke von uns weg. Können wir noch etwas näher heran?“

„Das können wir“, antwortete Plutinchen. „Aber diesmal sollten wir den Wind ganz genau beobachten.“

„Machen wir. Dann können wir ja doch noch ein paar Aufnahmen machen und Messungen durchführen“, freute sich Tom, während Stella einen weiteren Kurswechsel vornahm. „Hier sind auch schon die ersten Ergebnisse. Die Lava ist etwa 1 000 Grad Celsius heiß. Da kann man sich ganz schön die Finger verbrennen. Wahrscheinlich ist sie in der Erde noch heißer.“

„Solange sie sich unter der Erde befindet, wird sie Magma genannt“, wusste Plutinchen. „Teile des

Erdinneren sind so heiß, dass sie flüssig sind. Wenn diese flüssigen Gesteine leicht genug sind, dann steigen sie an einigen Stellen der Erdkruste an die Oberfläche und bilden dort Magmakammern. Wird der Druck in einer solchen Kammer zu groß, kommt es zu einem Vulkanausbruch. Das Magma wird zur Lava, die an der Erdoberfläche Pyroklasten und Lavaströme bildet."

„Lava ist doch neues Material für Island", dachte Stella laut nach. „Die Insel müsste also im Laufe der Zeit eigentlich wachsen. Sie müsste immer größer werden."

„Das wird sie auch", bestätigte Plutinchen. „Island ist eine Insel, die durch Vulkane entstanden ist und sich langsam vergrößert und ausdehnt. Dafür sorgt der ständige Nachschub an Magma aus dem Erdinneren. Ganz ähnlich verhält es sich mit Hawaii, das aus mehreren Vulkaninseln besteht. Außerdem drückt wegen des Klimawandels nicht mehr so viel Gletschereis auf Island. Durch den fehlenden Druck wird die Insel angehoben. "

„Aber warum steigt das Magma nicht überall auf

der Erde nach oben, sondern nur an bestimmten Stellen?“, hakte Stella nach.

„Das hat verschiedene Gründe“, antwortete Plutinchen. „Der Hauptgrund ist die Plattentektonik.“

„Plattentektonik?“, wiederholte Tom. „Schon wieder so ein Fremdwort.“

„Die Erdkruste ist nicht so fest und unbeweglich, wie sie scheint“, erklärte die Roboterkatze. „Sie besteht nicht aus einem Stück wie eine Eierschale, sondern aus mehreren Platten, die sich auf dem Erdmantel bewegen. Das tun sie natürlich sehr langsam. Mit bloßem Auge kann man das nicht beobachten. Europa und große Teile Asiens liegen etwa auf der Eurasischen Platte. Wo zwei dieser Platten aufeinandertreffen, falten sich Gebirge auf, wo sie auseinanderdriften, strömt Magma nach oben. Es gibt Erdbeben und Vulkane.“

„So wie hier in Island“, meinte Tom.

„Ganz genau, denn Island liegt zu einer Hälfte auf der Nordamerikanischen Platte und zur anderen Hälfte auf der Eurasischen Platte. Beide Platten driften in jedem Jahr etwa zwei Zentimeter auseinander.“

„Das hält also den Vulkanismus am Leben", folgerte Tom. „Solange sich die Platten bewegen, wird Island eine aktive Vulkaninsel bleiben."

„Sehr gut kombiniert", schnurrte Plutinchen.

Es knackte und knisterte. Diesmal jedoch nicht im Eis, sondern in den Lautsprechern: „Major Tom, bitten kommen! Bodenstation an Major Tom!"

„Hier ist Major Tom", meldete er sich. „Was gibt es?"

„Endlich erreichen wir euch", sagte Stellas Mutter erleichtert. „Die Aschewolke hatte den Funkverkehr gestört. Die Bilder der Satelliten waren auch nicht besonders. Ist bei euch alles in Ordnung?"

„Hier ist alles bestens", antwortete Stella. „Wir machen gerade noch ein paar Messungen der Staubpartikel, dann fliegen wir zurück."

„Reichen eure Wasservorräte?", fragte ihre Mutter besorgt.

„Die haben wir ergänzt", sagte Stella. „Eis gibt es auf einem Gletscher ja genug."

„Nur kein Erdbeereis", fügte Tom noch hinzu. „Sonst wären wir noch etwas länger geblieben."

„Und wir hatten uns schon Sorgen gemacht", fuhr

Stellas Mutter fort. „Aber eurer guten Laune nach zu schließen, hattet ihr keine größeren Probleme."
„Hatten wir nicht", bestätigte Stella. „Nur ein paar kleine. Aber die haben wir dank Plutinchen schnell gelöst."
„Ja, diesmal mussten wir wirklich sehr schnell sein", flüsterte Tom.
„Ich habe dich nicht verstanden, Tom", sagte Stellas Mutter. „Kannst du das noch einmal wiederholen?"
„Ich habe nur gemeint, wie schnell so ein Vulkan ausbrechen kann", lächelte er.
„Das kann er", nickte Stellas Mutter. „Meistens schneller als ein Gangster aus dem Gefängnis. Und einfangen kann man ihn auch nicht. Habt ihr ein paar Aufnahmen machen können?"
„Natürlich. Das war ja unser Auftrag", antwortete Tom betont lässig. „Hier, schau mal!"
Tom drückte auf das Display und übertrug die Aufnahmen, die eine der Bordkameras in diesem Augenblick von dem Vulkan machte. Es dauerte eine Weile, bevor Stellas Mutter reagierte.
„Die Bilder sind ja fantastisch", lobte sie. „Wir sind

ganz begeistert. Solche tollen Aufnahmen können unsere Satelliten natürlich nicht liefern. Könnt ihr noch etwas näher heranfliegen?"

„Können wir", antwortete Plutinchen. „Der Wind ist ausgesprochen günstig."

„Sehr gut!", freute sich Stellas Mutter. „Anschließend macht euch bitte auf den Weg zurück zur Bodenstation."

„Machen wir", erwiderte Stella.

„Wir haben frischen Space Tea für euch", versprach ihre Mutter. „Ist heute eingetroffen. Wir haben auch frische Eiswürfel. Falls ihr ihn lieber als Eistee trinken wollt."

„Eis haben wir selbst genug", lehnte Tom das Angebot dankend ab. „Wir trinken ihn lieber heiß. Es müssen ja nicht gleich 1000 Grad sein."

„Verstehe", sagte Stellas Mutter. „Dann wünsche ich euch einen guten Rückflug."

„Danke, werden wir haben", lächelte Stella und lenkte das Luftschiff so nah wie möglich am Hauptkrater der Bárðarbunga vorbei. Nach einer gekonnten Kurve ging sie auf Heimatkurs.

Der kleine Major Tom

Logbuch

Abenteuer im brennenden Eis // Eintrag 1

Typisch für Island sind die heißen Quellen, deren Wasser in regelmäßigen Abständen bis zu 30 Meter in die Luft schießt. Diese heißen Quellen werden Geysire genannt. Das Wort stammt aus der isländischen Sprache und bedeutet schlicht: herausspritzen. Das Wasser wird im Untergrund von Magma erhitzt und schießt schließlich nach oben. Das wiederholt sich, denn kaltes Wasser von der Oberfläche sickert ständig nach unten und erwärmt sich dort. Auf Island gibt es 26 Geysire.

Abenteuer im brennenden Eis // Eintrag 2

Unser Airship Solar 1 ist nicht das erste Luftschiff, das Island besucht. Im Juli 1931 stattete der Zeppelin Graf Zeppelin (LZ 127) der Insel einen mehrtägigen Besuch ab. Das Luftschiff war 236,6 Meter lang und hatte einen Durchmesser von 30,5 Metern. Um das riesige Schiff zu fahren, war eine Besatzung von etwa 45 Mann an Bord.

Im Jahr 1929 hatte das Luftschiff sogar die Welt umrundet. Vielleicht schaffen wir das auch mal.

Abenteuer im brennenden Eis // Eintrag 3

Am 20. März 2010 ist auf Island der Vulkan Eyjafjallajökull ausgebrochen. Die Aschewolke war gigantisch und hatte zur Folge, dass über Nord- und Mitteleuropa keine Flugzeuge mehr fliegen konnten. Tausende von Flügen mussten gestrichen oder umgeleitet werden. Wenn Vulkanasche in ein Düsentriebwerk eindringt, kann sie dort schmelzen und das Triebwerk lahmlegen.

Abenteuer im brennenden Eis // Eintrag 4

Island wurde wahrscheinlich im 7. Jahrhundert von norwegischen Seefahrern entdeckt und dann nach und nach besiedelt. Auf Island war es auch schon mal wärmer, zum Beispiel nach der letzten Eiszeit vor etwa 10 000 Jahren. Da gab es nur wenige Gletscher auf Island. Von Island aus haben dann später Wikinger Grönland und sogar die Küste Nordamerikas entdeckt. Das war um das Jahr 1000 herum.

Abenteuer im brennenden Eis // Eintrag 5

Runde Pyroklasten, die einen größeren Durchmesser als 6,4 Zentimeter haben, werden von Vulkanologen Bomben genannt. Sie bestehen zumeist aus Lava, die in hohem Bogen aus einem Vulkan herausgeschleudert wird. Während des Flugs kühlen die Bomben ab und verfestigen sich. Ihre Form ist rund, aber nicht so rund wie ein Ball, sondern eher schiefrund. Manchmal sehen sie mit ihrer Kruste auch wie ein Brot aus. Ihre Größe schwankt zwischen 6,4 Zentimetern und mehreren Metern. Durchmesser von fünf Metern sind keine Seltenheit. Eine solche Bombe wiegt mehr als 100 Tonnen. Der Name Bombe ist also von den Vulkanologen sehr treffend gewählt.

Abenteuer im brennenden Eis // Eintrag 6

Lava fließt unterschiedlich schnell. Mal schafft sie nur zehn Meter in der Stunde, mal sogar bis zu 64 Kilometer in der Stunde. Ein Leistungssportler kann für kurze Zeit maximal 45 Kilometer pro Stunde erreichen und hätte keine Chance gegen einen schnellen Lavastrom. Die Geschwindigkeit der Lava ist von vielen Faktoren abhängig: von der Temperatur, von der Zusammensetzung, von der Menge und von dem Gefälle des Vulkans. Eine durchschnittliche Geschwindigkeit von Lavaströmen gibt es also nicht.

„Das Universum ist groß, die Erde unser Zuhause."

Peter Schilling

Die Kreativ-Crew rund um den kleinen Major Tom

© Kurt Fuchs

Bernd Flessner ...

... hat am 24.11.1957 Geburtstag. Er wurde in Göttingen geboren, ist aber am Meer aufgewachsen. Seine Lieblingsfarbe ist Rot. Am liebsten schreibt er Bücher für Erwachsene und Bücher für Kinder. Wenn er mal gerade nicht schreibt, dann kocht er. Sein Lieblingsgericht ist selbst gemachte Lasagne. Bernd Flessner ist ein begeisterter Zukunftsforscher, ihn interessiert alles, was mit Raumfahrt und Weltall zusammenhängt. Sein größter Wunsch wäre es, einmal zum Mars zu fliegen (und zurück natürlich, damit er von seinem Abenteuer berichten kann).

© Stefan Lohr

Stefan Lohr ...

... hat am 5.5.1972 Geburtstag. Er wurde in Leutkirch geboren und lebt heute in Ravensburg. Seine Lieblingsfarbe ist Blau. Und am liebsten illustriert er Bücher für Kinder. Wenn er Zeit hat, dann fährt er gern Achterbahn. Am liebsten mit Doppellooping. Sein größter Wunsch wäre es, einmal mit Major Toms Space Racer ein paar Loopings im Weltall zu drehen.

Peter Schilling

Wer kennt nicht „Major Tom (völlig losgelöst)“ und hat dazu schon mal ordentlich abgetanzt?
Der Sänger und Songschreiber Peter Schilling, von dem dieser und noch viele andere Songs stammen, hatte die geniale Idee, die Geschichte aus dem weltbekannten Lied weiterzuerzählen – und zwar als Geschichte für Kinder.
Er ist, wie er sagt, im Herzen ein Kind geblieben und hat so die Idee zum kleinen Major Tom, Stella und Plutinchen gehabt.
Und weil er den Autor und Weltraumfan Bernd Flessner kennengelernt hat, sind daraus Geschichten entstanden.
Peter Schilling möchte gerne, dass Kinder die Möglichkeit bekommen, so viel wie möglich über unsere Welt und das Universum zu erfahren.
Deshalb tauscht er sich gerne vor seinen Konzerten mit Kindern über das spannende Thema Weltraum aus.

Bisher erschienen:

Band 1: Völlig losgelöst
ISBN 978-3-7886-4001-9

Bd. 2: Rückkehr zur Erde
ISBN 978-3-7886-4002-6

Bd. 3: Die Mondmission
ISBN 978-3-7886-4003-3

Bd. 4: Kometengefahr
ISBN 978-3-7886-4004-0

Bd. 5: Gefährliche Reise zum Mars
ISBN 978-3-7886-4005-7

Bd. 6: Abenteuer auf dem Mars
ISBN 978-3-7886-4006-4

Bd. 7: Außer Kontrolle!
ISBN 978-3-7886-4007-1

Bd. 8: Verloren im Regenwald
ISBN 978-3-7886-4008-8

Bd. 9: Im Bann des Jupiters
ISBN 978-3-7886-4009-5

Bd. 10: Im Sog des Schwarzen Lochs
ISBN 978-3-7886-4010-1

Bd. 11: Wer rettet Ming und Hu?
ISBN 978-3-7886-4011-8

Bd.12: Plutinchen in Gefahr
ISBN 978-3-7886-4012-5

Bd. 13: Die Wüste lebt
ISBN 978-3-7886-4013-2

Bd. 14: Abenteuer im brennenden Eis
ISBN 978-3-7886-4014-9

Hörspiele:

Völlig losgelöst
ISBN 978-3-7886-4101-6

Rückkehr zur Erde
ISBN 978-3-7886-4102-3

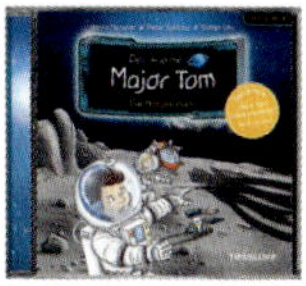
Die Mondmission
ISBN 978-3-7886-4103-0

Kometengefahr
ISBN 978-3-7886-4104-7

Gefährliche Reise zum Mars
ISBN 978-3-7886-4105-4

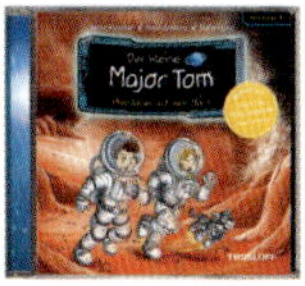
Abenteuer auf dem Mars
ISBN 978-3-7886-4106-1

Außer Kontrolle!
ISBN 978-3-7886-4107-8

Verloren im Regenwald
ISBN 978-3-7886-4108-5

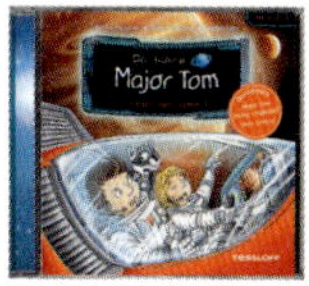
Im Bann des Jupiters
ISBN 978-3-7886-4221-1

Im Sog des Schwarzen Lochs
ISBN 978-3-7886-4222-8

Wer rettet Ming und Hu?
ISBN 978-3-7886-4225-9

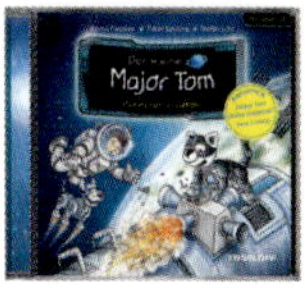
Plutinchen in Gefahr
ISBN 978-3-7886-4226-6

Nur als Audio-Download erhältlich
Die Wüste lebt
ISBN 978-3-7886-7432-8

Freundealbum:

Meine Freunde
ISBN 978-3-7886-4115-3

Space School:

Bd. 1: Abenteuer Raumfahrt
ISBN 978-3-7886-4113-9

Bd. 2: Künstliche Intelligenz
ISBN 978-3-7886-4114-6

Bd. 3: Supermaterialien
ISBN 978-3-7886-4223-5